U0146160

在词语中间

张新颖 著

作家出版社

张新颖

一九六七年生于山东，复旦大学中文系教授，教育部长江学者特聘教授。

主要作品有：中国现代文学研究著作《二十世纪上半期中国文学的现代意识》《沈从文的后半生》《沈从文九讲》等；当代文学批评集《栖居与游牧之地》《双重见证》《无能文学的力量》等；随笔集《迷恋记》《有情》《风吹小集》等。

曾获得第四届华语文学传媒大奖·文学评论家奖、第一届当代中国文学批评家奖、第六届鲁迅文学奖、第十届国家图书馆文津图书奖等多种奖项。

目录

2013　触灯

2012　在普通的词语中／平凡地呼吸

下编　三行集

自　序

到现在为止，我写的所有的诗，都在这本书里了。

中年以后，似乎多了一层个人生活：与字、词、句子交流，与语言交流。很难说以前就没有这样的时候，但没有清楚的意识，没有成为生活需求的一种方式，是肯定的。现在则不同，这种交流在日常相处中发生，不必刻意，却也不可缺少。

在这样一层生活里，似乎很自然，写一些诗。写诗，不过是相处交流的多种形式中的一种而已。

同时也有些奇怪，因为很早之前就认定，自己不是写诗的人。朋友曾经为我出过一小册《二十五首诗和无名的纪念》，薄到几乎没有书脊，而所以会出这样一本诗集，不过是留存年轻时代的一点痕迹，也是说，以后不会写这种形式的东西了。

要慢慢地才想明白，原来我有一种几乎是根深蒂固的偏见：如果写诗是"使用"字、词、句子，"使用"语言，那么，我不喜欢这种"使用"行为，还是不写为好。年轻的时候没有想得这么明确，却本能地避开了这种与语言的关系。

如此我也多少向自己解释了何以中年写起诗来这么一个变化。

与字、词、句子的相处交流关系，与语言相处交流的关系，从意识的模糊缝隙，逐渐开阔为生活的实在空间，在这个空间里，写诗不再是无意识或有意识地"使用"语言。不是"使用"语言，语言才敞开了。敞开了它自身，也敞开了与万物百汇的关系。没有封闭的语言，也不会去封闭事物。

这样，就不妨一试，在普通的字、词、句子中，写平常的经验、平凡的呼吸，写中年自甘平庸的诗。

张新颖
二〇一七年六月六日

在词语中间

2017　所有未被语言封闭的事物

乌鸫

昨天的乌鸫站在另一条颤动的长枝上
啄食樱花落后结出的小果子
已绿里透红（也是一种樱桃）
转过街角后听它鸣叫
粗一声　细一声　接着婉丽跳荡
远应山涧溪水　而不是它眼前平缓的河流
我初以为是一群鸟呼引唱答
直到去年　发现它喜欢模仿其他鸟鸣
今年我知道　天微明的时候　就是这只
包含了很多种鸟的鸟　把我吵醒

二〇一七年五月十五日

小树林

小树林中间是个小广场
我坐在边缘的石条长凳上
右面十米远有个男生教一个女生武术
具体哪门哪派我不清楚
对面七八米立着一座雕像
昏暗中看个轮廓　我不知道他是谁
一只小虫子爬上左胳膊
我不认识是什么虫子　本能地甩掉了它
小树林外面有灯光的地方传来音乐
那么熟悉的钢琴奏鸣曲
等到声音消失　我也没明白
它起于何时　消失于何处

这样很好　不清晰　不明确
周围的树我也叫不出名字　亲温如旧友
夜晚的风也是

我慢慢想起三十年前来过这个小树林
只记得有这么回事
当时的情境丢失于后来过长的路途

现在我刚从一个全是判断句的地方逃来
你也许体会过那种铿锵有力如何
让听的人疲惫
让说的人愈发得意愈加顽固
你也就能够明白　我为什么会轻微迷恋
这个夜晚柔和得有点模糊
四周随时有人进出
就叫小树林而没有特定名称的小树林
以及所有未被语言封闭的事物

二〇一七年五月二十一日

2016 字

字

一

第一个字是虚字
第二个字落实了
第三个字开始动作
第四个字是动作的延续
第五个字是暂时的结果
第六个字是结果的落空
第七个字不甘
第八个字重新开始
第九个字半途而废

二

第一个字是领头的
第二个字跟随
第三个字从外面插进来
第四个字总想溜走
第五个字无所谓
第六个字是小丑

第七个字借尸还魂

第八个字抒情

第九个字流血

三

第一个字到第九个字是一个句子

清晰、有力、激动人心的句子

不知道什么样的手写出的句子

第一个字面目模糊

第二个字面目模糊

第三个字面目模糊

第四个字到第七个字面目模糊

第八个字面目模糊

第九个字没有面目

四

第一个字不想站在最前头

第二个字向第七个字打招呼

第三个字拉着第四个字的手

第四个字厌烦地扭过头

第五个字与第六个字交头接耳

第六个字年少轻狂

第七个字假装没有看见第二个字

第八个字傻笑

第九个字无所用心

五

第一个字不想是第一个字

第二个字不想是第二个字

第三个字不想是第三个字

第四个字不想是第四个字

第五个字不想是第五个字

第六个字不想是第六个字

第七个字不想是第七个字

第八个字不想是第八个字

第九个字不想是字

六

第一个字只想句子的问题

第二个字只想字的问题

第三个字只想其他字的问题

第四个字只想别人如何读自己的问题

第五个字只想自己的过去
第六个字只想其他字的现在
第七个字什么都不想
第八个字什么都想
第九个字什么都想什么都不想

七

第一个字反抗句子
第二个字顺从句子
第三个字忠于句子
第四个字忠于第三个字
第五个字和句子没有关系
第六个字密谋偷渡到另一个句子
第七个字已有另一个句子的绿卡
第八个字被句子窒息
第九个字是泪

八

第一个字沉默
第二个字喉咙嘶哑
第三个字坠入大海

第四个字寻找

第五个字失踪

第六个字平静

第七个字释然

第八个字积蓄生机

第九个字迎风唱歌

九

没有第十个字

二〇一六年四月三日，晴窗溪野

浮云

名利是浮云　灵魂在高处
我们尊敬的一位先生去世
校园里拉出这样一条悼念横幅

其实　灵魂也是浮云
一位同事说
高处还是浮云
另一位同事说

那么改成
名利乃低处浮云　灵魂为高处浮云
一位老师说

——浮云就在高处啊
——低处也有浮云
　　飞机降落穿过好几层浮云

神马都是浮云
前几年曾经流行这样说
此时看云　浮云亦浮云
又一位同事说

浮云是好东西
人世间事事物物　包括灵魂
都没有浮云好看

而且　浮云不死不灭

二〇一六年七月三十日

空白

一张纸　什么也没有写　空　白
在所有地方涂上墨　不空　也不白
只会看写了什么的人
还说　这是空白

再涂一层
涂墨人无字句的　满　黑

二〇一六年八月二日

平衡术

如何接受视力下降为既成事实
当然需要经历一个过程
焦虑　绝望　无端发脾气

漫长的时间过后
出现意想不到的转机
不是眼睛变好了
而是心情　安然于不可逆转的趋势
甚至暗自庆幸

眼前阴影乱晃的世事
不必刻意努力即已做到看不清
而人类的下降
也无须痛心得那么清晰
不必也无从诉诸言语

二〇一六年八月十五日

呼吸史

空气中充满了不是空气的东西
所以呼吸也只能勉强称之为呼吸
这大概是呼吸史上进化的新阶段
不过行将淘汰的呼吸　还是怀念
空气中的空气
如果能将这怀念也根除尽净
就可以欢呼新人类的诞生

二〇一六年八月二十四日

2014　推迟

推迟

老人穿着暗红色的雨衣
遛狗——两条白色的小狗
穿上了蓝色的背心
路是褐色的
小区的树木枝干乌黑
一些叶子全落光了
留下叶子空的形状
一些叶子枯黄
一些叶子还是绿色——
上个季节的颜色冻住了
雨是棕色的　下了一个月
这阴冷到骨髓的雨
将雾霾推迟了一天

二〇一四年二月十六日

2013　触灯

井

山谷里全是褐色的石头
我们站在高岩上看
下面一群小蛇，跳起来
用细尾巴抽打石块
它们比赛似地，又兴奋又冷静
啪啪啪的声音欢快而急促

田野里隔不远
就能找到一口井
我们围在井口
朝里面吐唾液
唾液化开了，井水就没有毒
化不开唾液的井水不能喝

在下一口井边
我们看着浮在水上的几朵唾液
如镜面凸起的花骨朵
谁的化开了，谁身体里就没有毒
谁的没化开，谁身体里就有毒

我们也许九岁

有的井里能看清自己探着的脑袋
有的井里看不清
我们既惊奇又不惊奇井水里
自己的脸

凉风吹过比白天清晰的夜晚
我们各自站在自己的那颗小星下
那些小星映在井里
井变深了，深邃如头顶的夜空

探向记忆的深井
照见九岁的小星

二〇一三年一月五日

少年河流

暴雨连天　洪水如约而至
半夜里冲垮了石桥
而孩子们睡梦正酣
这是每年夏天都会发生的事
雨停了我们会到河边看看

狂野无羁的洪流是诱惑吗
从断桥头上　投身而入
把自己全部交给无限的水
湍急奔涌的世界
把平常的孩子变成他渴望的人
只需一个瞬间

河床宽阔的地带水就浅了
从水里站起身　走上岸
走回那座断桥　然后
再一次跃入水中

这是每年夏天都会发生的事
贯穿了少年时代
而我一直没有学会游泳

憋一口长气　就能被激流带到
河床变宽的地方

这是冒险的游戏吗
这是恐惧和克服恐惧的游戏
这是对安全的信心游戏
同龄的玩伴为什么不敢尝试
为什么年复一年你一个人
仿佛有些着迷

此后的人生你有多少次看见
少年的河流
失控和自由　被动和舒展开全身
淹没了　而更真切地存在

二〇一三年一月十二日

嘿，你们

那个九岁的孩子
那个十二岁的少年
你们对四十六岁的自己
还满意吗

我看着你们
我清楚你们从未有
了不起的梦想
今天的我也还是这样

你们会问我点儿什么吧
还是我问你们点儿什么
你们一天又一天一年又一年看着我
沉闷、离群、不会用表演逗你们一笑
从来都没有惊奇没有意外
——你们还耐烦吗

你们——这个孩子和这个少年
我眼睛后面的眼睛
我心脏里面的心脏
我脉搏跳动中的跳动

我身体内核中央的身体

你们自己——

过得还好吗

二〇一三年三月三日

树影

晴空下树的影子
和树一起构成树
树影是树的抽象形式
树影是树的艺术形式
树影也是树坚实的形式
舒展在道路上的树影
人踏过，车驶过，谣言玷污过
丝毫无伤

暗夜中的树影
回流进树身
于是　树影充盈着树
树变成了树影

二〇一三年二月二十六日

树枝

他睡着了　在树枝上
像是画在上面
画成了树枝的一根细长的小枝

栖止的群鸟如一片又一片树叶
安静的叫声如树浆
在梦的枝干里无声地流淌
果实也在梦里缓慢地充满汁液
他看见了成熟

然后看见了摘下果实的手
温和的手伸进梦里
惊吓了树枝上的鸟
他睁开眼睛　正好看见
它们纷纷起飞

二〇一三年七月二十三日，葛根塔拉草原

苦菜和马齿苋

苦菜和马齿苋
味觉的乡愁

穿过麦田去河里游泳
掐一棵麦穗在掌心搓出麦粒
晶莹的灌浆的小小颗粒
牙齿轻轻触碰就溅出
味觉乡愁的青色香

坂井先生不知道我的记忆
他只是对今天中国流动的盛宴疑惑
他说如此不稳定地吃饭
怎么养成小孩子的味觉品质

我的味觉早已在单调的食物中稳定
没有高贵的品质
有田野的未经烹调的气息

以词语为业的此生
倘若未曾写下未经烹调的名词
苦菜　马齿苋

又如何牵动根植的泥土层

在吃的艺术和写作的语法之外

它们开始

它们从未消失

二〇一三年七月二十九日

触灯

父亲说出这个词——chu deng——
在黑暗里擦着了一根火柴
我昏蒙的记忆亮了起来

这个方言词，指的就是火柴
我琢磨着，把这个声音写下来——触灯——

看着这两个字，动词和名词组成的一个词
这才仿佛看见，方言声音里面的生活
动作及其趋向、物品、细节和情境

四十多年前我也这样说
说了好多年
然后不知不觉　被通行的说法所代替
这个方言词躲进黑暗区域
直到今天
我用字把它写了出来——
写出这两个字，正如同擦着了一根火柴
——触灯

在意识的黑暗区域

在现代的光亮所造成的黑暗区域
一群群方言词已经消失
一群群方言词正在死去
残存的　如一根根细小的触灯

一根细小的触灯

二〇一三年七月二十九日

趋向

我囤积了晚年的粮食和
书。我知道这是农业社会的做法

我现在做很少的事
以便将来做得更少

生命一点一点消失——渐弱音——

不。这才开始
趋向充实和成熟

二〇一三年十二月十五日

2012　在普通的词语中／平凡地呼吸

一本书的三个读者

他们戴着大号的面具
标示自己的所属：过去、未来、现在
没有什么新意，所以互相争吵也没新意
过去不足信
未来更可疑
现在，过去说，哪里有现在？
这句话还没有说完
现在就已经随风而逝

吵到后来
他们忘记了自己的读者身份
当然，更忘记了那本书

但他们终于想起来了——
因为其中一个忽然发现
他们是在一个人的梦里
比他们争吵的东西更虚幻

他们惊恐起来
要是那一个人的梦没有了
他们也就没有了

做梦人很高兴他们意识到了他的存在
虚荣心满足了一下
却只是瞬间的事情

他想起了那本书
他想起他是读者
他困惑他是这本书
过去的、现在的、未来的读者？

他看着自己的梦
他看着梦里人的惊恐
他想让他们忘掉惊恐
返回到无休止的愚蠢争吵里面去
可是他知道，他们却不知道
他没有办法保证自己的梦不醒

二〇一二年一月十四日

去年

去年八月桂花的香
还保留在今年的唇上
去年离别时的雪
已经融化在树下

二〇一二年二月十四日

花寒

我们坐在树下喝酒
樱花无声无息从枝头飘落
有一片沾上我的衣服
有一片落进酒杯
满地细碎的寂静

坂井先生说这叫花寒
四年后的早春再次想起这个词
窗外是接连几天的阴雨
眼前的酒杯空干着

二〇一二年二月十四日

纪事

窗前的这棵树
知道我在武昌这个角落
住了两个星期
那天一抬头
它就开满了
不看的时候也知道花在
繁密而安静的白色小花
在夜晚和在阳光下

我还跑到武大校园去看樱花
看到了人头攒动
听到了众声喧哗
回到自己的房间一抬头
眼光里就有了丝丝缕缕的歉疚
开窗伸手接到一片
斜斜飘落的花瓣
感受没有丝毫重量的
一拍

清明风雨
落英满地

两天后离开这里
看一眼两座房屋之间的那棵樱花树
枝头的新绿和星星般的点点的红
一点也不吵闹
寂静的生机

二〇一二年四月八日

愚蠢的脑袋

愚蠢的脑袋　让人
遗憾

一个温和的人
在心里选择遗憾这个轻一点的词
而且隐藏着不表露出来
你原来想象这些脑袋或许还有一点点空隙
可以吹进一点点风
可以透透气
你低估了脑袋们的坚固
密不透风

这是春天
树绿了　花开了　气息弥漫着　弥漫着散开了
这些眼睛依旧浑浊
这些身体无感
风空空地吹来
空空地吹走

听不懂笑话没有什么要紧
连正常的笑也不会了　挺要命

一个女人走来安慰你
她是感觉到了你的失望
还是周围脑袋们的固若金汤
你或许在心里假设过
三百个脑袋中　可能有一个还没关闭
他会笑　会哭　会叹息吧
他会看树绿看花开吧
他或许能够感受
风的气息

其实你不怎么需要安慰
遗憾当然要停留一会儿
风最终还是会把它吹走

二〇一二年四月二十二日

阿维尼翁火车站的少女

男人不会明白
另一个男人对异性的吸引力
但我明白阿维尼翁火车站的少女
清澈而热烈的目光
她站在等待上车的行列里
扭转身子　涨红着脸　向后看
在空气中刻画出鲜明的视线
顺着这条视线的指向
我看到了坐在我们一群人中间的男人

他脸上呼应的神采
光亮中有中年人暗的质地
女孩或许猜想得到他来自中国
我也许猜想得到他内心的震惊
他有复杂得多的感情经历
却从未如此
被毫无掩饰的纯净击中

火车站
一切事物都颤动在时间的边缘
目光的邂逅

足够漫长　二十分钟物理时间
他们的姿势和他们之间的距离
一直没有改变
她站在等待上车的行列中
他坐在我们几个人中间
没有言语　他们之间语言不通

小小的火车站
巨大的寂静

二〇一二年四月二十六日

清单

我不喜欢的：优雅、纯粹、精致、审美、葡萄酒
我喜欢的：粗糙、摩擦、不够从容、敞开、经冬
　　而熟的春酒

不喜欢的：诗人、浪漫、精英、贵族、才子
喜欢的：冯至、穆旦、诗、《都柏林人》、香烟、
　　麦收季节

不喜欢的：希望、绝望、虚妄、激昂、争论不休
喜欢的：温暖、踏实、平淡、强韧、香椿、小米
　　粥和咸菜

不喜欢的：风景这个词、窗子打不开的酒店房间
喜欢的：风、水、大海、北方、夜晚的雪、天空、
　　早晨

不喜欢的：拖拉、胜利者、演说和演说家
喜欢的：羞涩、爽利、旷远和宽阔、寂静的芬芳

不喜欢的：学会、团体、项目、借酒浇愁、借势
　　壮胆

喜欢的：儿童、少年、青年、中年、老年，人生的每
　　一个阶段

不喜欢的：文学评论、头头是道、故作低沉的声音
喜欢的：李宗盛、阅读、写作、一个人无所事事、喝
　　茶、晒太阳

不喜欢的：愚蠢、聪明、出口成章、墙头草、神经质
喜欢的：苏珊·桑塔格日记里的清单，这里就是对这
　　个清单的模仿

不喜欢的：中国的美声、许诺、正确、词语的统治、
　　大问题
喜欢的：大理雨后的田野、从马赛到巴黎列车上的一
　　只橘子、所有的树

不喜欢的：目的
喜欢的：窗子、简洁

喜欢的：未被摧毁的生活

二〇一二年四月三十日

柳树

父母在我出生那一年
门前栽下一棵柳树
我还没有来得及变成学童
邻居们的家常话已经驻扎到树荫下
此后的岁月里父母常常会说
这棵柳树和我同岁
可我从记事起它就是一棵大树
似乎未曾见过它小的模样
母亲还常常提起
它第一次长出柳叶
一头驴路过　为柳叶吸引　咬断了树身
它简直就没当回事儿
第二年长出新的树头、枝条和叶片

我学着母亲向小朋友讲柳树的奇迹
慢慢长大

一根柳枝
插进土里
就长成了一棵柳树

在我离开家乡之前
它已经老了
后来就枯了　刨掉了

我不记得它老的样子
我的眼睛像没有映入它小时候一样
也没有映入它老的时候
我记得风吹浓密的柳丝
轻抚一个少年的脸
记得寂寥夜色中它清晰的轮廓
离它最近的是头顶细碎的星子

折一小截柳枝，褪出完整的皮
唇边就有了一只绿色的口哨
夏日晚饭后树下的絮语和胡琴声
簇拥着漫长的岁月
微微震颤我中年的耳鼓

二〇一二年五月十九日

人生与叙述

你的一生倘若能够讲成故事
就是幸福的
最平庸的故事最幸福
即使挫折、苦难的历程
能讲下去　就算是好的
怕就怕在哪里卡住了

不能进　不能退
甚至也不能待在卡的地方
就只剩下
咔咔咔的噪音

如果不想脾气变坏
你就得学会把屈辱
不断调整成
一个又一个温和的笑话
从容地讲出来跟别人分享
处在包围圈中
面对——侧对——背对
比愚蠢更愚蠢的
比残暴更残暴的

比无耻更无耻的

——你何妨适度自嘲

何妨含蓄地轻蔑

当然　也不必怕他们嫉恨

你内心那一点点不肯退却的骄傲

二〇一二年六月七日

从马赛到巴黎列车上的一只橘子

秋天色彩斑斓的原野在车窗外
不间断地一闪而逝
更丰富的景象无尽地迎面而来
我拍下树木　农田　高架线
拍下河流　桥　道路和无名的事物
傍晚斜照下柔和的光辉

但这一切的中心在哪里呢
高铁车厢的小桌子上
有一只橘子　橘黄色的橘子
小小的橘子　阔大连绵的背景
甚至当镜头里没有橘子的时候
我其实依然把它当作变幻涌现的
风景的中心

晚霞点染层云如何描述
人在无助时才按下快门
就是在这个时刻
车窗的反光把小桌子搬到了天空
橘黄色的橘子安然地在天上
周围簇拥着云朵和风的丝丝线条

夜晚来了　外面一片黑暗
是的　小桌板上的橘子脱落了
任何背景　独自存在
这时才完整显现它自己
它自己的圆满　内部充实　色泽温暖

几年以后　从我记忆的树枝上
它充实到完全成熟
自己落了下来

二〇一二年六月二十二日

骨头再也不能忍耐

骨头再也不能忍耐
它痒——
然后烦躁——
然后暴怒——

你怎么来安抚它
隔着皮肤
隔着肉
禁锢在核心的骨头
感受不到你
没头没脑地抓
没轻没重地拍打

没法让它喝口水平静一下
你就自己喝口水
没法让它抽支烟放松一下
你就自己抽支烟
如果你能睡着就好了
那时候它就安稳下来了吧

不过真实的情形是

它再也不能忍受你的睡眠
才不声不响执拗地
痒起来
烦躁起来
暴怒起来
半夜里把你赶到阳台上

你安抚不了骨头
你不知道它怎么了
痒　烦躁　暴怒
这些词不过是抓过来凑合着用的
这些词抓不住骨头的状态

你触摸不到它
你的手
你的心
你的语言
都和它隔着皮隔着肉

可是　囚禁在里面的它
再也不能忍耐了

二〇一二年八月十七日

危险

我弄明白了一些人和事
松了半口气
剩下半口还没来得及吐出来
紧张把它堵了回去
我为什么能明白这些疯子
如果我还没有疯的话
是不是有这个危险
我为什么能接受这些烂事
如果我还不算烂的话
是不是有这个危险

噢，我有些焦虑
如果还算不上恐惧的话

我们仰望星空
星星不会成群地向我们飞来
星星不会明白我们人类
　　　这个匪夷所思的世界

噢，亲切的星星
噢，冷静的星群

二〇一二年九月七日

平庸

平常经验朴实如粗盐
慢慢消融到身体的各个部位
我写中年自甘平庸的诗
平淡如水

最好的鹅毛笔是春天从鹅的左翼
拔下来的飞羽
弯曲的方向配合人类的右撇子
这文明有微微的血腥
和鹅的疼痛

我的祖先用软的毛笔
我用铅笔、钢笔、圆珠笔、水笔和电脑
我怀念用铅笔的儿童时代而退回去
学习祖先用过的毛笔
像个学童　又像个老人

然后我开始写中年自甘平庸的诗
比生活低
比生活软

二〇一二年十一月十二日

诗的平庸理想

避免写出惊人的句子
在普通的词语中
平凡地呼吸
哀乐，歌哭
降低它们震荡生活的幅度
风暴，减弱成微风，然后吹过湖水
惊涛骇浪，激不出惊惧的表情
慢慢还原成大海正常的潮汐

难以入睡的夜晚
坚持睡眠
做一个不甚清晰的梦
早晨推开窗子
那棵默契的树，阳光披身
雨后的泥土，它也是活的
它的日子
没有什么改变

二〇一二年十一月二十四日

词语

你受不了大海
这样的词语：这是应该排斥的大词
唉，你没有在海边长大
夏夜乘凉的时候把脚丫拉进海水
一只螃蟹夹住了脚趾
你没有常年在远洋船上的父亲
他年轻的多名同伴葬身海底
你在成年以后也没有见过黑色的大海
北方风雪中黑色翻滚的水面上
不息地涌冒着白色热气　腾腾缭绕
站在这样的海边和尖刀的风中
一位高大的老人用胳膊揽住我的肩头
半生的劫难没能成功地摧毁他
他抱歉地说：唉，我太高了
你没有这样的经验
你以为大海只是一个词

二〇一二年十二月二十二日

2011　表面足够迷恋

杯子

杯子倒了，半杯水洒出来
杯子倒了，满杯牛奶洒了一桌子
杯子倒了，什么也没有洒出来

杯子跌落到地上，碎了

杯子沿着反抒情的方向
自由落体的途中——
你心里已经听到了
尖利的爆炸声

杯子跌落到地上碎裂的瞬间
你听到真实的声音，其实清脆
——你舒了一大口气

二〇一一年六月十七日

书页

一本新书的页边
划破了手指
血渗出，聚成殷红的小珠
为了让你懂得
纸的锋利

纸刃
纸锋
书页的边
书页是柔软的
遭遇这样的书
一个猝然降临的机缘
你承接得住

二〇一一年六月十九日

纸

我总是浅尝辄止
节制　恪守限度
停留在表面
表面足够迷恋
不会去触及表面以下一寸的地方
更不要说深入一尺

所以我喜欢纸
纸　让偏执深度的人恼怒
他装出不屑的样子欺骗别人
安慰自己

我喜欢纸中的宣纸
绵软　温润　柔韧
好像没有重量
揉皱了再展开
平整如初
不留一点受伤的痕迹

这一张宣纸
吸收了墨

就把字迹保存在那里
八百年前一个写字人的信息
古旧了　还栩栩如生

没有人能把八百年的时间深度压平
压平得像一张纸那么薄
这张薄的、轻的宣纸
把时空的纵深一直保持在表面
触目可及　视而不见
包括未来的历史

新产出的宣纸
表面空白
有所等待　有所邀请
缄默无语

或者
没有等待　没有邀请
无需缄默　本来无语
就这样表面空白

二〇一一年七月二十三日

向日葵

一九七五年　文革中国的乡村
八岁的小学生从妈妈的书箱里
翻出一个绒面笔记本
插页是梵高
金黄的向日葵　燃烧起来了吗
孩子的眼睛
无所适从

十年后大学宿舍　无眠的夜晚
上铺的蚊帐
画向日葵人的传记
遥远的人生
切身的安慰

二〇〇六年　从国外背回
沉重的梵高画全集
给六岁的儿子
如今它躺在书架上
未来的哪一天
他会不会重新翻开
短暂兴趣的记忆

二〇一〇年暑期回乡
家家户户收割向日葵
以前不曾有过这种景象
七十岁的父母种了六分地
我每天的功课，清晨即起
用一根木棍敲打花盘
敲落的葵花籽慢慢聚集成堆

二〇一一年夏天
重复去年的功课
十一岁的儿子敲了两下
就跑开去打游戏了

阳历四月种　八月收
两三个好日头晒干
六分地产籽二百六十斤
油坊老法打油
先炒　再蒸　最后轧
出九十斤油

七十岁父母的向日葵
不同于博物馆里不朽的向日葵
土里生　风雨日光中长
结籽　成油

一日三餐

在转化中经历完整的过程

下一年又长起来了

二〇一一年八月十一日

2011 "剪辑"成诗：沈从文的这些时刻

后面这几首诗，不是我的"创作"，它的真正作者是沈从文，虽然沈从文没有有意识地写成诗的形式。

沈从文不以诗名，却从开始创作时即写诗，在大学课堂上讲新诗，发表系列的诗人诗作评论。特别值得注意的是，一九四九年精神崩溃之后的恢复过程中，他把特定时期的身心状态写成三首极长的诗篇，既是自我分析、抒发，也是借以自我疗救的形式。由此可见他的生命与诗的深刻关联。六七十年代，沈从文又写了大量的古体诗，一度把这种写作当作自己的"第三次改业"。如何认识和评价沈从文的诗创作，还是一个有待讨论的问题。

但我在这里"发现"的是另一种诗。在沈从文的散文、日记、书信中，在他无意写诗的时候，诗也可能出现在他笔下的文字里，甚至出现在他非常没有诗意的生命磨难里。

　　我从不是诗的文字中"发现"了诗，再做些具体的工作，就是"剪辑"，把隐伏的诗以诗的形式直接呈现出来。

　　当然，我自以为是的"发现"和"剪辑"，也是一种叙述、阐释和理解，对沈从文的叙述、阐释和理解，对沈从文一生中的这些时刻的叙述、阐释和理解。我要把这些时刻从时间的漫漫洪流中挑出来，我要让这些时刻从经验的纷繁芜杂中跳出来，诗是一种形式，更是一种力量。

　　这些时刻，是诗的时刻。然而我不会把这些时刻孤立出来理解，它们不是一个个孤立的时间的点，而是各种因素交汇集中的点，打开这些点，就有可能打开多种面向的通路，通过它们来感触和理解一个生命的整体，一个生命的历史和将来。

翠翠，在杜鹃声中想起我

民十随部队入川　由茶峒过路
开拔日微雨　闻杜鹃声极悲哀

民二十二至青岛崂山北九水
路上见村中有死者家人报庙行列
一小女孩奉灵幡引路
当时即向面前的朋友许下愿心
我懂得这个有丧事女孩子的欢乐和痛苦
正和懂得你的纯厚与爱好一样多一样深
我要把她的不幸　和你的善良结合起来
用一个故事重现

民二十三年初返湘
过了柏子的小河　就快要到翠翠的家乡了
泸溪城街上的绒线铺
十七年前铺柜里站着叫翠翠的女孩
两手反复交换动作挽棉线
目前所见到的　竟然还是那么一个样子
当真回到过去了吗
辫发上缠得一绺白绒线　她的妈妈死了
我被时间意识猛烈地捆了一巴掌

我不应当翻阅历史　温习历史

一面让细碎阳光晒在纸上
一面将我受压抑的梦写在纸上

书中人与个人生命成一希奇结合
俨若可以不死

三十八年五月卅下十点北平宿舍
夜静得离奇
端午快来了　家乡中一定是还有龙船下河
翠翠　翠翠　你是在一零四小房间中酣睡
还是在杜鹃声中想起我
在我死去以后还想起我

翠翠　三三　我难道又疯狂了
很奇怪　为什么夜中那么静
想不出我是谁
原来那个我在什么地方去了呢

后　记

　　此篇"剪辑"的文章包括：沈从文一九四八年即将告别文学创作时为《边城》写的《新题记》，生前没有发表过；长篇散文《水云》；未完自传中的一章《关于西南漆器及其他》，生前也没有发表；《湘行书简》和《湘行散记》；一九四九年五月的一则日记。

一九三四年出版的《边城》是沈从文最受喜爱的作品，翠翠是最受喜爱的形象，但沈从文却说："可是没有一个人知道我是在什么感情下写成这个作品，也不大明白我写它的意义……完全得不到我如何用这个故事填补过去生命中一点哀乐的原因。"（《水云》）

触发我"剪辑"这首诗的最大动因是，沈从文在一九四九年精神"失常"最想不清楚自己的时候，在最孤立无告的时刻，他想到了翠翠，他像在和翠翠说话，一声接着一声地呼喊着翠翠。也许他"混淆"了文学虚构和生活现实，可是这样的"混淆"，不也正透露出，他和他的文学之间的关系，紧密程度竟至于血肉相连、生死牵记。

二〇一一年八月三十日

绿百合

有什么人能用绿竹作弓矢
射入云空
永不落下
我之想象　犹如长箭
去碧蓝而明净之广大虚空

从此云空中　读示一小文
有微叹与沉默　色与香　爱和怨
无著者　无年月　无故事
虚空静寂　读者灵魂中如有音乐
虚空明蓝　读者灵魂上光明净洁

夜梦极可怪
见一淡绿百合
颈弱花柔
花身略有斑点青渍
倚立门边微微摇动

在不可知地方有极熟悉的声音在招呼
有一粒星子在花中

伸手触之

花微抖　如有所怯

亦复微笑　如有所恃

轻轻摇触花柄　花蒂　花瓣

几片叶子落了

如闻叹息　低而分明

雷雨刚过

醒来后闻远处有狗吠

吠声如豹

山谷中应当有白中微带浅蓝色的百合

花粉作黄色　小叶如翠珰

无语如语

后　记

　　此篇"剪辑"自沈从文的《生命》，写于昆明，收于一九四一年出版的《烛虚》集。

　　文中说："我正在发疯。为抽象而发疯。我看到一些符号，一片形，一把线，一种无声的音乐，无文字的诗歌。我看到生命一种最完整的形式，这一切都在抽象中好好存在，在事实面前反而消灭。"

　　文中叙述梦醒后将经过记下，仿佛完成了一

件艺术品，"精美如瓷器，素朴如竹器"。随后却焚毁了那个稿件，因为"不想将这个完美诗篇，被伪君子与无性感的女子眼目所污渎"。这份谨慎和顾虑，事后证明不但不是多余，而是不够，到一九四八年，郭沫若就在《斥反动文艺》一文中因这一类文字（主要有小说《看虹录》《摘星录》等）把沈从文称为"桃红小生"。

写《生命》时沈从文当然料想不到后来的事，他焚了那个稿件，却显然心有不甘，所以文末又说："法郎士曾写一《红百合》故事，述爱欲在生命中所占地位，所有形式，以及其细微变化。我想写一《绿百合》，用形式表现意象。"因此，我为这首"剪辑"出的诗取题《绿百合》。

二○一一年八月十七日

豆彩碗

一九五〇年八月八日，沈从文在家中因
一只豆彩碗而感触生发。

向日葵枝干已高过屋檐，低下头在看脚前的
天冬草，茑萝，薄荷叶，无花果
天冬草开了一串小白花
茑萝小小红花带点羞羞怯怯神情，从叶片间举起
薄荷叶必需用手揉碎，香味才能解放出来
无花果还没有果子

雨已止息。天空如汝窑淡青
一个一个房间走去，大小家具重现
消失于过去时间里的笑语
一些天真稚气的梦
肯定一个人的存在
可是这时节这一些东东西西
对于我竟如同毫不相干

书架上那个豆彩碗
十五年前从后门得来
美秀，温雅，成熟，完整，稚弱中见健康

制碗人被压抑受转化的无比柔情
如此不可解的离奇

十五年，炮火和饥饿，恐怖，疲劳
那么一个小碗
由北而南，在昆明过了八年
由南而东，过苏州住了三年
又由苏州转北京，搁倒这个鸡翅木书架上
相对无言

小小的茑萝的花和栽花的生命
由幼稚而达到成熟
或迟或早又趋于衰老，耗竭
活泼生命已陆续消失于虚无中

豆彩碗却依然如故
不求人知的独立存在
也可能还会因种种偶然
转来转去，到一些意想不及的人手中
然而它的阅历
谁也不能想象
再没有谁能明白这个碗的历史
包含了什么意义

一切生命存在都如此隔离

又如此息息相关

如此息息相关还是十分隔离

这是怎么回事

千百年前那些制瓷绘画的工人

把受压抑的痛苦，和柔情，和热爱

转移到一个小碗上

如此矛盾又如此调和

大多数人在完全无知中

把碗用来用去

终于在小不经意中

忽然摔碎

后　记

　　此诗是"剪辑"沈从文日记而成。

　　沈从文说自己的文学，多次强调是将现实中的压抑和痛苦转化为文字而成，是诗的抒情和心灵受伤后的痛楚交织而成。对于"你们能欣赏我故事的清新，照例那作品背后蕴藏的热情却忽略了，你们能欣赏我文字的朴实，照例那作品背后隐伏的悲痛也忽略了"，他是遗憾的。而对于中国的工艺传统，他的感情基础即是，物的背后有人，是手工艺者将被压抑的无比柔情和爱转化为美的物质形式的结果。这与他对自己的创作的解释相通。时代转折点上的沈从文在经历了精神崩溃而又逐渐恢复以后，一九五〇年被安排在华北人民革命大学学习和思想改造，休息日回到家中端详豆彩碗而感慨万端，亦通于对自己的文学命运的感慨。豆彩碗能够历千百年、历战争动荡而其美仍存，这是不朽；但另一面，它又是极其脆弱的，小不经意即可毁于一瞬。

　　沈从文随手记下自己纷纭的思绪，无意写诗，而诗自在其中。

二〇一一年六月十九日

迁移

岁暮严冬雨雪霏微
蹲在咸宁毫无遮蔽的空坪中
等待发落
逼近黄昏　搭最后那辆运行李卡车
到二十五里外　借住

带个小小板凳
去后山坡看守菜园
手脚冻得发木时
就到附近干草堆上躺一会会
活活血脉　避避风寒

忽然通知
限二小时内迁移五十里外双溪
五里外大湖边劳动的老伴赶来
说不到十句话

在卡车中想到古代从军似乎比较从容
苏东坡谪海南　在赣州游八镜台　饮酒赋诗
移黄州　邀来客两次游赤壁　写成前后赤壁赋

孤立空空小学校一间屋子

住得最久

屋中永远不干

雨中接漏　扫除积水三四十盆

雨后泥泞　用百十断砖搭成跳板

这些砖将在屋中过年了

时有蟋蟀青蛙窜入　各不相妨

七十岁得此奇学习机会

亦人生难得乐事

附近不远爆破炮声连响三次

土石纷纷落下　屋顶开了大小天窗数处

头上且顶个坐垫

依旧抄完这首诗　抄到

钟鼓上闻天　直上于青云

望到房顶那几个大小天窗

真好笑

离奇狼狈　可是心静静的

哪会有人想得到我是在什么具体情形下

写这些诗

十四本稿纸通用完了

抄点什么也不成了

高血压心脏病和肾结石并发　血压上升到 240/150

住院四十多天

迫近风烛残年

住处又一再催促迁移

新住的是贫农大院

对天井一窗　天井即沤肥池　猪饲料是酸的

如坐酸菜坛子中

房中大湿霉　即已接近酸梅汤

床下生长了点绿毛白毛

我多少有点像聊斋中人物

一位大喉咙大妈　送了我大把栀子花

天气总是三晴三雨　出门如酱缸

可是对庄稼极好

不多久　田里即大片浓绿了

趁来得及　把记得住的一切

分门别类写卅多个小专题

锦缎　印染　纸加工　文字发展

狮子　车马　漆工艺　丝绸花纹　陶瓷

右手关节炎已升级　可能会忽然一天失去作用

结束五十年下笔不知自休的劳动

也不必发愁　五十年前即还学会了用左手写字

两年六次迁移　第六次坐火车辗转丹江

一个荒秃秃岩石采石场　在山沟里

后窗靠山　　东西无丝毫尘土

老伴以为数十年住处　　这里最好

五百老弱病号中相熟的几十人

金人先生在我到达后第二天故去

我间或拄个拐杖看病取药

总常常见雪峰　　独自在菜地里浇粪

满头白发　　如汉代砖刻中老农

无一本书　　亦无一图录

只能就记忆所及

把服饰图稿中疏忽遗漏或多余处

一一用签条记下来

日后有机会时补改

一生中最后一次值得留卜的工作

恐不可能有出版希望

自己家中能留份作个纪念　　也好

实在留不住　　也无所谓

后　记

　　　　此篇"剪辑"所用材料较多，包括沈从文下
放湖北咸宁和丹江期间的大量书信、一则日记、
一九八一年为《中国古代服饰研究》写的一篇后
记，这篇后记废弃未用，后来以《曲折十七年》
为题编入全集。

一九六九年十一月底，沈从文作为历史博物馆三户老弱病职工之一，被首批下放到湖北咸宁文化部五七干校，到达452高地后"才知道'榜上无名'，连个食宿处也无从安排"。后来借住属于故宫博物院一个暂时空着的宿舍，职责是看守菜园。

一九七〇年二月，迁移至双溪区，先在区革委会一空房，稻草上摊开地铺，住了下来。半月后被转移到一所小学校的一间空房，住了大约一年。这间房子漏雨严重，地下常年泥泞，屋子如霉窖。沈从文信里还跟妻子张兆和打趣说："任何能吸水气的就上霉。可是奇怪，本地人却不会作霉豆腐和豆豉酱。"

一九七一年三月，住处再次搬动，迁入一户农民家中腾出的小屋。

一九七一年八月，离开咸宁双溪，迁往湖北丹江一个采石场的荒山沟，这里是"文化部安置处"，沈从文说，"一出门，看到的总是手挂拐杖行动蹒跚的老朋友，和一个伤兵医院差不多。这些人日常还参加种菜、种树、搬石头任务。"

张兆和比沈从文先下放到咸宁，两人住两处，沈从文到双溪后相隔五十里，张兆和来看他得请假，来回一次颇为不易。迁往丹江后两人在一地，先安排分住，不久调到了一处。沈从文因病免除劳动，张兆和每天劳动约三小时。

一九七二年二月，沈从文获准请假回京治病，此后以不断续假方式留在北京，一个人在一小间屋子里对《中国古代服饰研究》图稿修改增删，同时进行其他杂文物研究。

二〇一一年八月十九日

附集

二十五首诗和无名的纪念

小序

　　我不是诗人，也没有成为诗人的宏愿；特别的情形下会写诗，也不是刻意的创作，而是，不知怎么就写了。套用诗人们喜欢的说法，是诗找到这里来了。这样说好像有点那个，可能会惹人生气或引人嘲弄，但我想，诗经常去找诗人，偶尔光顾一下不专门做诗的人，也应该是允许的吧。

　　只是这样的时候实在很少，这么多年，也只有二十五首，平均下来一年还不到一首，没法精挑细选，干脆全收在这里了。按我自己的感受，分成三部分，写作时间上，卷三是从一九八八年到一九九五年，卷二是从一九八九年到一九九八年，然后很多年空白，直到二〇〇六年又写了两首，编为卷一。

　　因为自觉不是诗人，也就从不把偶尔写的这些东西示人。但是二〇〇六年末写了《祖父》和《父亲》，给两个朋友看，她们的理解让我大为感动。一位写信说："看了你的诗，眼里竟是止不住地扑簌簌。……隐忍的悲伤、温暖的怀疑、对宿命的自嘲和对人间的深情，汹涌在平静的文字下面。那是来自沉默的力量。太有杀伤力了。它唤醒和击中人心里最轻柔的部分，把那里拨弄得酸楚不堪。……（还有）你对'失根'的敏感、含蓄而警醒的表述，……"另一位也是在信里说的："我喜欢《祖父》这首诗的朴素，觉得这种朴素很有力量；我又想，也许我被触动是因为写的是祖父，在祖父的一生，和我们对祖父的感情中，总记住了一些感动的话和感动的事，把它写出来，即使用我们平日一贯的隐忍克制的方式写下来，就已经很动人；我写着写着，又想，或者是因为写了一个男人对另一个男人的感情流露，更加地让人想珍惜。"又细微地体察到一种我自己没有意识到的状态："奇怪的，写祖父时给人感觉是一个男人写另一个男人，写父亲时却回到了一个儿子对父亲的关注，隔代就是不一样，写起祖父来很活泼，写父亲就……认真起来了。祖父里有感情，父亲里有故事。我挺喜欢《父亲》的，一个人的一生，他的遭遇，性情，责任，儿子对父亲长期的默默关注，和血脉相连的事实，寥寥几句，就挺好的。嗯，奇怪，两首诗表面看挺接近的，是'系列'，其实内在却很不同，你觉得吗？"

我感念读诗人心有灵犀，把朋友的话抄在这里，不避因此而被讥讽借别人的口自夸。还有一个直接的原因是，如果不曾有过这样的心解，我大概还是把这些诗塞在哪个角落里，不会出这本小小的诗集了。

二〇〇九年十一月十九日　复旦大学

祖父

祖父，我常常想起你
今天夜里睡不着
想起你抽一口烟就要咳嗽一阵
你一生抽了多少自己卷的旱烟呢
少年时代我就骄傲
自己卷烟的技术，又快又漂亮
在伙伴面前炫耀
祖父，现在我已经是中年

我过得好像还好
像你一样，喜欢喝酒
酒量不大，也像你一样
我现在已经控制不会喝醉了
不像你，醉到老年
老了以后你就不喝醉了
我知道了醉酒的滋味和不醉酒的滋味
祖父，我知道了你什么都没有说出的一生

你跟我说，人这一辈子
也就是两万八千多天
那时你大病初愈，心情平静

你说你是扳着手指算出来的
然后，你就走了

你走之后这么多年，我们过得都还好
弟弟妹妹有时会哭
哭过也就好了，都是有家有口的人
村子里的老人都没有了
现在的小孩你都不认识
祖父，你在那个向阳的山坡
常常望见家里屋顶烟囱冒烟
父亲母亲还住在那里

祖父，你一个人拉扯大的父亲
现在也已经老了

你的照片放大了，我放在柜子里
我不知道该挂在哪儿
我怕你看着这个城市的家不习惯

下次回老家
我带你的曾孙到坟前
磕三个头

二〇〇六年十二月七日凌晨，芝加哥

父亲

父亲，你老了，脾气依旧暴躁
我们从小到大都痛恨这个
直到许多年以后，我看见
那坏脾气的种子就在自己身上长了出来
弟弟一天比一天老起来的脸
也一天比一天更像你了

你的坏脾气从哪里来的呢
祖父好像是一辈子也没有发过一次火的人

我们小时候从没想起过
生活中应该有个奶奶
我们家，老奶奶，爷爷，爸爸妈妈
我们兄妹四个
人口已经够多了
你每个月的工资换成的玉米
总是吃不到月底

你还是孩子时就遗弃了你　远走他乡的人
你到中年时背着祖父和自己的儿女
悄悄打听她的消息

父亲，你老了，也早就死心了

你年轻时候在远洋船上的七年
是怎么过的呢
很多同事葬身大海
你调回家乡的小城
照顾孤单的家
家里有你的祖母和父亲

后来有我们
我们刚刚长大
你就固执地提前退休
谋生过早地耗完了你对世界的耐心

父亲，我很想听你平静地说说话
平静的时候你就没有话了
高兴了你要多添一杯酒
年轻时候滴酒不沾
现在顿顿离不开
你也曾经抽过烟
可是坚决戒掉了好多年

父亲，我酒喝得比你少
烟却越抽越凶
在平静的时候

我也没有话

父亲，你老了
老家也就老了

二〇〇六年十二月十日凌晨，芝加哥

像章

我把一个伟大人物
钉到墙上
没有一分钱大
掩盖一块破损的墙皮

满架子的书背对着它
我背对着它
它不理会灯光　水　冬天
它从事一项不需要呼吸的事业

一九八九年十二月二十五日，复旦南区

爱情

你能嫁给李白吗
李白写诗　虽然
那你也可以嫁给
石头
树
一根筷子
嫁给
对岸的那只鸟吧
它至少会喂养后代

季节

多么厌烦春天的花开了
厌烦得流出口水
被爱人的手抹去
抹得粗心大意
留下一些
等到另一个春天才会干
那时
脸上就有一个
疤　和明媚阳光下的
投影

喜悦

一个像人一般大小的蜘蛛
喜欢宰杀小孩
喜悦的心情悄悄地　慢慢地
用刀
杀死
热乎乎的鲜血

日子开始的春天

一

水神诞生于离水不近不远的陆地
和贫困日子开始的春天
历书上说　春天的羔羊
命好　有草吃
春天的羔羊却拼命呼喊　痛哭
为无望出生的草和未曾沾口的母水

谁会注意一只羔羊呢
它不过是一只羔羊罢了　即使不同
即使注意　也只引起憎恨
那过于嘹亮　尖锐的哭喊
汹涌绵长如水
——谁会相信　水神
因为哭喊的羔羊出世　才
有处附身

二

羔羊成长　水神才成长
凡俗和艰难一如羔羊
历书上说　春天的羔羊
大河水命　浩浩荡荡
水神知道历书撒谎
人的把戏　因为不识神来骗神
水神的成长被忽略了
没有任何细节保留下来
人类不遗憾
只是那只羔羊知道
一如水神知道
却因为恭顺与谦和
永远缄默

三

悲壮又无限温柔的仪式
羔羊溶于水
羔羊的血如水一样无色透明
羔羊不现于水却能够在水中辨认
于是　水神显形了
她的形象刻在一切水之上

却又在一切的辨认中

消失于水

做一个神

有什么好呢

水神狂啸而去　又

款款而来

一九九二年四月十日晚，北京六里桥

他们来了我就起来

让我平静地写写城市　写写

我的日常生活　从办公室

开始　一天的日子

和二十多个人混在一起

在一幢巨大的玻璃房子里

人们通常说　混饭吃

初次见面的朋友

和我谈话　结束时说

我在这里有点不自然

其实我在玻璃房子里　想想

六月的麦田和冬天的山风　想想

我的老家和知识分子朋友

其实很少想起　其实

只是在写作时偶尔想起

有时候想起自己是知识的一个分子

就翻动一下同事们一辈子

也没听说过的书　以示

区别　平常我们总是打成一片

中午我们在躺椅上睡一小觉

领导的椅子响　我们

就跟着起来

上厕所　换茶　喝水发出声音
有时觉得应该文雅一点　注意
不发出声音
下班了　电梯里大家竭力
说一点轻松的话
同时想着自己是文化人
连招呼也打得不像样了
连汉语也不会说了
我不乘电梯和他们一起走
我就睡在办公室里
第二天早晨他们又来了
我就起来

一九九五年六月十九日，外滩虎丘路五十号

旧火焰

我们在街角　谈过往的那些事
不咸不淡
四个老头在旁边打牌
围着石桌　坐着石凳
动作很慢
抽空看我们两眼也很迟缓
幸亏这些滞浊的眼神
我们才回味一点过去的慌张
这会儿这么自得安闲　安闲得
燃不起一点儿旧火焰
那就谈谈现在吧
可是现在
就这个样子　忙着过或者不忙地活
无从谈

要是也有一付牌
旁边还有石桌　石凳
空着　等着

旧火焰

一九九七年七月十六日

画像

唉　你又有麻烦了
你这个单纯的孩子自以为深谋远算
你这个疯狂的孩子到处寻找玫瑰花自然绽放的平静
你这个厌倦的孩子写亢奋的诗
你这个自恋的孩子总是在人群中滚转

黑夜里　你对着镜子伸出痉挛的长长中指

你问　能不能挨过这一次
你这个倒霉的孩子还在想象好运从天而降
你这个快乐的孩子一下子失去了所有主张
你这个欲望的孩子蜷缩在角落里逃避
你这个天不怕地不怕的孩子
哭了

你说　等这些凶恶、丑恶的日子过去了——
你这个玫瑰花的孩子——就凋谢了

一九九七年七月十六日

纸星星

从里面把抒情成分掏空
释放出没有生长力的液体
浇灌花朵
花根腐烂
做一个诗人　先学会
讲故事　学会
说零碎的话语　就像
用硬币应付生活　学会
在无聊的句子上活出意义　就像
给纸裁的星星
涂上颜色
使它们看上去有一点莫测的光亮
这光亮只能照到你自己
纸星星是诗人的钻石
像同性恋的钻石一样受到歧视
而同性恋在快速繁殖
诗人却在虚假的生活里慢慢死去
封闭的尸体内部闪烁着纸星星
微弱的光亮
和故意的神秘

一九九八年三月二十七日

挽留

不睁开眼睛就能留住梦
擦肩而过的友人们　仍在擦肩而过
清晨时的醒　把她们终生挽留

沉静秋天的湖水
深厚有底　宽阔有边
它的波动是正常的心跳
它的所求是沾湿你的手　你们的双手
映现你的黑发　你们的短发和长发

在春天预支秋天的欲言又止
在清晨把梦中匆匆消失的友人一一怀念
她们在马路边仓促而去
她们的时光对她们无情
催促着走向衰年

湖心刻下底片
洗得出水面旧年照见的瞬息风华
头发的色泽　未来还没有来得及

投下阴影的脸

清晨不能说梦

一九九八年四月二十六日

1988—1995　读书笔记

不死的人

有一个人
我从来没有看见他站起来过
一只鸟　在他的胸前
筑了巢

有一条河
其水使人不死
另一个地区有另一条河
其水使前一条河的灵验失效
一个不死的人　在世界上周游一圈
喝遍所有河里的水
我们准备着去发现这一条河

死亡（或者其暗示）
对于人类来说
变得珍贵而伤感了
在不死的人中间
每一个行动（以及每一个思想）
都是过去或者前人的回声
没有一件事物不像是在无穷无尽的
镜子里

没有一件事物只可能发生唯一的一次

我跟荷马在丹吉尔的城门口分手时
我相信我们并没有互致再见

一九八八年十一月二十五日，复旦东部

涉及神学

历史是一个圆圈　在山里
轮子和蛇已经取代了十字架

有这样的人
他追求女人的爱情
是为了忘掉她
行为投射出一个颠倒的反影
我们私通的时候
另一个贞洁

耶稣就是一条笔直的路
把我们从不信上帝者所走的
　　　圆圈　迷宫里
　　　　　　　　救出来
耶稣并没有从创世以来牺牲多次
而是现在　经过了许多世纪以后
才牺牲一次

卑贱的罪人是宝贵的
就像耶稣基督为他而流的血一样
魔鬼骄傲不做一件恶事

失去的　时间不使它再现
永恒保存着它
为了荣耀　也为了火焰

耶稣钉十字架像颠倒了过来
吾主的形象被一面镜子
代替

你想看人类的眼睛看不见的东西吗
你就看月亮吧
你想听耳朵听不见的声音吗
你就听鸟叫吧
你想摸手摸不着的东西吗
你就摸大地吧

上帝对信仰的差异兴趣极少

一九八八年十一月二十五日

花园

有一种树
果实是绿色的鸟

大地上生长着
一种具有信仰职能的玫瑰花
棕榈啊　你也是
身处异乡

那个神想创造一头黄牛
结果却创造了一头水牛

他眼望着对称的花园
知道自己老了　无用了
——不真实了

一九八八年十一月二十八日，复旦东部

棕榈树的种子

有意识的生命
只不过是死亡的伪装而已

以前常挂在墙上的那只小钟
钟摆不见了
所以它现在不走
你能否找个小木箱子

人类闻起来像是无边无际的
一堆堆臭虫
到了佛罗里达
我要吞下一颗棕榈树的种子
看看它能否为我生长出
　　　一颗新的心脏

这儿的花园里突然飞来许多新的候鸟
一个人在某个时候突然被一张四兽图
迷惑住
代表福音派信徒的四种动物是
　　　男人　雄狮　公牛　雄鹰

弗丽达骑着一匹铁灰色的小马
疑虑不安地穿过艾灌丛

世界是一只没有打开的牡蛎
这种情况永不会改变
我已经四十岁了

一九八九年，复旦南区

白日梦

球拍在他们手中
是我自己那可怕而又沉重的罪孽

令人窒息的林中小径
以一种最卑下可鄙的态度　求助于
她尚未被玷污过的梦幻
欲念喊叫她的名字
这叫声带着拱顶似的时间的回响
喷出一道棕色和绿色的激流
（从未记得吃过这样的东西）
我记得曾用哼哼声来消除恐惧
领悟到她的疾病无非是某个主题的演化
绝望地敲打着它那绿色的门

一九八九年九月十四日，复旦南区

六月的上午

蚊子只是装饰夏天的风景
在我的房间里并不咬人
神秘主义者乞灵于
　　　一只所有鸟的鸟
　　　一个所有的星宿和太阳的太阳
两三个男人
在直角形街口跳舞
佛罗里达街圣母哭耶稣像附近
　　　老鹰点心店
大伙正在讨论什么叫知识

一九九〇年六月二十日，复旦南区

下雨的间隙

下雨的间隙
一只忧郁的秃鹰
默默无语　　领略
　　　　恐惧——凄然——蔓延——
一块不祥的牌子
抱着愁闷的态度

你身体好吗
你快变成一个牢骚鬼了

对一个死人来说
谁打赢都他妈的一样
夜　　像缄默的幽灵
在帐篷外面　　叼着香烟
摸——黑——
　　　　　　游——荡——
赫普尔的那只猫　　果真
　　　　睡在他的脸上

神祇

为从肆虐的大自然中　嗅出

神祇的踪迹

那些深沉的民族到处流浪

天鹅绒般柔软　黑暗里熠熠发光的语言

以安宁的音乐形式

反映着空间和渴望

亚细亚暗淡无光的太阳

通过行动只会与它

失之交臂

男童的微笑

外部事物

是非尘埃

东方先知周围空无一物

而这里已是最后的界限

一九九二年一月二十五日，复旦南区

世事

人们穿着冬天的衣服

在春天出门

冬天来临时

还活着的人不是有病

就是快疯了

没有别的办法

只有死心塌地　等待苦难的尽头

而我　幼时是一个圣贤

过了冬天

我长大

我开始爬树

我试着忘记圣贤的生活

我试着在不知不觉中

——在不知不觉中

写一本自己的书

一九九二年三月，南区

逃亡诗抄

什么地方有一个故事
一个罗马老人
将一个第勒尼安瓶放在床边
爱它　亲吻它
使它的边慢慢遭到磨损

后世一个不得意的人
把他的琥珀瓶放在床边
用他妹妹的名字叫它

一个注定要成为大师的作家
没有妹妹
却有命中注定早夭的女儿
自己做了一个瓶
他知道不能永远生活于瓶中
有一天写作的狂喜消逝时
瓶
就是一只随葬的瓮

一九九二年四月二十四日，二教院借居时

我非常想念你

尽管好不容易见了面
可我还是那么想念你
我们互为对方的延伸物
你在他们撕抓和打击
 　　你的
 　　　　想象力的
那种黑暗中

而我在外边
在这儿的这块地方
在这里我想念你
非常想念你

——谁说给
 　　谁听　他
几乎就在他
说话声的范围内

一九九五年六月二十七日，上海沙地

一天比一生长

酷热的太阳　　晒得

石头跳起了舞

放牛的孩子听见一只鸢

永远只是一只

在头顶高得望不见的地方

呼啸

他们知道　　如果

他们死了　　或者

一头母牛死了

那只鸢就会扑下来

在遥远的地方　　另一只鸢

会看见它下降　　于是就跟着

飞下来

接着又是一只

　　　又是一只

　　　又是一只

在他们断气前　　会出现

二十只

接着孩子们睡了

醒来

又睡了

他们唱起漫长的歌曲
结尾带着奇特的颤音

一九九五年七月一日

春天里的唇读

药店里
大块苍白的海绵
在蓝瓶的玻璃后面
正要因干渴而死　而我
经历的是一种什么样感官的满足
在血脉里漾成涟漪
被完全弄傻的几头大象
坐着　思忖着
它们星光灿烂的宝座
陌生人快速舔湿自己的嘴唇　我想
是因为海绵太干燥的缘故
她的眼睛盯在我脸的下方
唇读

一九九五年十二月十二日

下编

三行集

题记

　　朋友送我一个小本子，还没有巴掌大。印刷厂裁下来的纸边，朋友说，扔了多可惜，不如做成小本子。我从学写字时就惜纸，因而对惜纸心情下产生的小本子，倍感亲切；可是，做什么用呢？

　　一页只能写三四行字，不如，就以三行为限，写些自由的句子，如何？既限制，又自由，在这之间，试验一下。

　　这一试，没想到就试了下来，从四月份小毛茛变成蛇莓，到七月底热风吹落黑色的种子，写满一小本，一百首。这一百首被另一位朋友拿去编到一套小诗丛里，我给取个简单的名字，《三行集》。

　　这个过程中，写一篇短文，顺手引进其中的一首三行："风吹到句子之间／风吹词语／风吹到旷野和字的笔画之间"。这其实是我写这个小本子所企望、也多少触碰和体验到的状态。既写小说又写诗的林白，眼尖，从报纸上的短文里看到这几句，就写到了她的诗里：

　　　　风吹到句子之间
　　　　越吹越近

同时越吹越辽远

风吹词语

然后我去买黄瓜

还有洗衣粉

这时候星星奔赴海洋

风吹到旷野和字的笔画之间

我惊奇三行的句子也能成风，以息相吹。

时间相续，从八月到年底，转过年来到三月，又成五十首。

满一年了，三行的句子随四季轮换一周，于复始之际显现完整之形。这不是事先的计划，随自然流转比计划更能获得运行生息的节奏、韵律和赋形的力量。就此止住。

二〇一七年三月底

第一辑　小毛茛变成了蛇莓

001

四月的一丛小毛茛
从河边来到阳台上
变成了蛇莓

002

溪水边的小野路
想退回到开花长草的息壤
一年蓬和鸢尾也想返回旧地

003

时间和风打了个照面
我们去河边盛水
波斯婆婆纳举起羞怯的淡蓝小花

004

有一个词想念方言的发音
等待能再念它一次
没有人告诉它　生它的母体已经失踪

005

词语们归顺于句法严谨的组织
每一个都站得笔直
每一个内部都自动弯曲

006

雨打湿了痉挛扭曲的呓语
滋润它舒展为平静的道路
通向等在梦外的季节更递

007

我们要缀上什么样的枝头
以便脱落时节
像花瓣一样轻盈

008

因为各种原因而早起的人
零散在版图之外的尖突海角
如音信相隔的雨滴

009

我和我之间
隔着一生也走不完的距离
于是　我安于停在半途

010

木锨和麦粒都安静了
月光洗轻了跳跃的风
十二岁藏在麦秸垛的熟香里

011

砸在少年脸上的不是雨
是风卷起道路上细密的沙粒
每一步都疼痛又即刻被冲刷

012

十五岁夹在书页里的星光
五十岁学习打开的方法
学习像旷野那样展开它

013

盛满时间的器皿
在星星中间漂移
天河的水声密了

014

不要在遗址上重建当年的繁盛
水转谷的废墟草绿苔青
生意年年相续

015

时常被打断的孤独
和人与人之间的我
互相致歉

016

回到悲哀的结尾部分
回到春天的风尖上
回到小毛茛黑色的种子纷纷摇落的一刻

第二辑　鸟从鸟鸣里飞了出去

017

风停留在
枝条春天的影子中间
鸟鸣停在风的影子中间

018

景色迷离
你的眼不杀底
鸟从鸟鸣里飞了出去

019

进化到一半的智慧生物
把愚蠢藏在核心疯长
内部爆破后重回洪荒

020

做戏的虚无党围观
发明这个词的那位老先生
很可怜他不懂无耻生活的奥秘

021

这幅油画像他生前见过
他见过别人眼中自己的拘谨和不安
他见过自己瘦弱的诚恳和勤勉

022

他这样失声哭泣
柳叶这样嫩绿
季节这样轮换有序

023

你们相遇在牙科诊室
彼此不需要掩饰
有一部分的岁月烂掉了

024

谁在喧嚣中陪伴过我
谁和我在大街上唱歌
谁在沉默的年份沉默

025

我未曾想象天堂是图书馆的模样
我爱博尔赫斯　爱书
我未曾想象天堂

026

五月的石马如一百年前一样沉静
苦楝树开满去年此时开过的紫色花
患时间过敏症的人类从未找到治愈方法

027

古罗马人把闪电埋入地下
现代的研究者对着废墟入迷
不知道会挖掘出什么

028

与风合影
与低低的声音握手
与长过半生的记忆一起安静下来

029

对着一块石头
我说话　还是用手抚摸它
我选择它愿意的

030

河对岸的一棵树
河此岸的一棵树
飞鸟瞬间来回它们相望终生的距离

031

雨同时落进了河流和酒杯
雨中也有鸟鸣
雨预告了更大的雨

032

小苜蓿小如谷粒的黄色花
与灾难已然降临的庞大时代
平衡

第三辑　风吹到旷野和字的笔画之间

033

紫露草　开紫花　三瓣花
二月蓝　开蓝花　四瓣花
红花酢浆草　开红花　五瓣花

034

风吹到句子之间
风吹词语
风吹到旷野和字的笔画之间

035

这个初生的词新奇地打量世界
惊讶了一个世纪
之后慢慢平静

036

这个词老了
千褶百皱的身体藏着十五个世纪的秘密
你所知无几　说认识这个词

037

午夜旅馆门口独坐
在时差的余裕里安静地抽烟
烟头幽微火星　亲温如旧地

038

柳枝上的词语
何曾流泪
废墟上开花不过是正常的事

039

自然的力生出柳枝的嫩绿
自然的力褪去嫩绿的嫩
自然的力又收回了绿

040

嫁接在梦上的枝条
再长三公分
就能伸出窗外　托住鸟的纤足

041

思想拜物教的会众
以对生活的蔑视和厌恶
来维持他的思想姿势

042

这个物种已经过了但丁所说的穹顶
此后所有的世纪和所有的瞬间
都是坠落

043

退化并非沿着进化的原路折返
邪僻下道　衍生出未知的新物种
怪异地欢叫

044

这时候小丑出场了　一群
比平常得意因而比平常更丑
他们甚至忘记打开最高级别的美颜功能

045

具体的恶比抽象的恶更恶
恶与恶相互鼓励交叉刺激
总是他们在庆祝胜利

046

瞬间发生了太多事情
所以此后任何事情都不会发生
虚幻耗尽了能量　　没有剩余给实际的可能

047

黑暗里
一张清秀的脸
六十岁的脸

048

远行人走得足够远
以放养被乡愁框住的归心
带它到框子的外面

049

有轨电车给舒缓的城市以节奏
摇晃进陌生旅人的身体
此后生活归来了　以及平和的秩序

050

荒野中有废弃的工厂
忽然窜出一条狼狗
拦住我们去波罗的海的路

第四辑　时间岸边丢弃的火镰

051

湖阔如海　　蓝得开朗无边以平衡海的沉郁
火棘比故乡遗弃的山楂树雅致而此时果实如烈焰
我坐在这里的秋天和小时候的秋天之间

052

我们的大船在上升
倘若没有这一句　　如何记忆这次旅程
如何为黑暗中的事物赋形

053

谁的人生不是只有一次的草稿
你哪里有誊清的机会
只是电脑上写的玩意儿　　能叫草稿不

054

祖父用火镰迸出细碎的星子
柴草燃烧的灰烬连痕迹也没有了
时间岸边丢弃的火镰偶尔闪击记忆

055

屋檐下一排洗脸盆盛着薄冰
我们跑完早操　满身微热的尘土
手和脸的温度稍稍融化出一些昨夜的水

056

六月过了一年又回来了
并没有捎带新的消息
这个月份只是又陈旧了一层

057

阴霾　到此为止
以抽烟反抗的方式到此为止
吃苹果和生活　是不错的选择

058

钓鱼人
老人　中年人　年轻人　孩子
没有一个女人

059

正想不明白钓鱼人的事情
忽传来海外一条鱼的异闻
十三年被钓上六十三次　终死于毒饵

060

后半夜之心如此清旷
如此时的鸟鸣
原以为所有的鸟都像人一样睡着了

061

把一条熟路走成生路
把懈怠已久的器官再次启动
把警觉扩充出来的空间计入新的时间

062

普通词语
抵抗上升的邀请
否则就要失去体重到不是词语的程度

063

夏夜里的水泥乒乓球台坐着父亲和校长
有一搭无一搭商量上学的事情
七岁到十二岁之间月色如洗　微凉如夜细碎的风

064

山岗上的学校叫英里
十五岁离开之后才慢慢对这个名字好奇
然后　就是时间拖动出越来越远的距离

065

月光下的月见草
水流中的水葫芦
野地里的野萝卜花

第五辑　暗自增添深邃的可能

066

你见过的玫瑰大都是月季
小部分是蔷薇
别沮丧　它们都比玫瑰好看

067

玫瑰的名字比玫瑰好
梅雨的名字比梅雨好
名字活跃地聚会　构成你可疑的知识

068

忘忧草比忘忧草的名字好
人类可以自我理解他们的投射
它兀自开它的花落它的花

069

萱草的花开得热烈　脱落得干净
茎上突兀的伤面　像是外力硬生生横折
其实是它自己的决断

070

他的个性就是他的框子
框住了整个人生
这正是他追求的　以便可以挂到墙上

071

她深谙配个框子就变成艺术品的道理
她只是不想把生活割下来一块标价
但她是个出售框子的人

072

铜钱草生长的污泥过于粘滞
花盆里松软的营养土其实不是土
郑所南画兰　有根无地

073

语言拥堵在学术高架路上
都习惯了　假装在往前挪动
并且真地学会了一边排放一边嗅闻尾气

074

老早的年岁见过璀璨的星群视作日常
此后所有的夜空　都会被它们的前身
暗自增添深邃的可能

075

坐在菜豆树边抽烟
眼见它迎风生长
枝叶蔓延过头顶蔓延过忧伤　遮住时间

076

我看见一个年轻人把自己切成一块一块
填进一个一个小框子　填满一份表格
以后他将熟练将不再流血将把人生直接长成表格

077

她说　我对你的理解会使你害怕
为了让你安心　我假装不太了解你
他真害怕了

078

杨梅深酒红　下树了
两色金鸡菊金黄环绕着酒红　正摇曳照眼
你没注意脚下小绶草　盘旋着结紫红花串

079

绶草的花螺旋上升式开放
有的左旋　有的右旋
幸运的是没有以此分类

080

生活不是我们记住的日子
而是忘记的日子　是我们遗忘到
身体　语气　目光里　无从叙说的日子

081

重要的不是重要的时刻
而是托起重要的　无名的时间
浩瀚的海面

第六辑　一种寂静拍肩　另一种寂静扑面

082

坂井从上海普希金像脚下带回的种子
在东京长出叶子来了
一朵深渊色　还得等着瞧

083

梦里讨论抽象的问题　伴随着
宽广的水缓慢而深厚地涌动
最后问题消失了　只有宽广的水涌动

084

想在黑石街的落雪结束以前
回到另一片大陆故乡的山雪中间
一种寂静拍肩　另一种寂静扑面

085

要有积雪　要有积雪的融化
要有暖阳化雪　因化雪而空气清冷
要在这样的地方形成骨头的季节反应

086

车把式的长鞭掠过马的左耳朵　或
右耳朵指挥方向　鞭梢空中打出一朵花
散落时划破了马车上小孩的左耳垂

087

睿明的人如何对待一只蠕动的青虫
它不知从何而来　半天就吃掉
一盆铜钱草自生的风姿

088

我把这里叫沙地　为了写下的字将由水冲走
住了四年的高大玻璃房子　果真不翼而飞
而沙上的笔画留存　风化成字的雕塑群

089

木头烟灰缸
陪着两色金鸡菊
静穆如它是树的时代

090

发生过的事情继续成长
在狂野的记忆土壤上枝叶自由不羁
现实里有棵树是它孪生的弟弟

091

树被拔起
把腐烂的根　显现给
常栖止于枝头的绿鸟

092

手伸向虚空
捕风　伟大的和渺小的捕风
风围住了我的两只手

093

耐心地哭泣
勇敢地忧伤
异乡　异梦　低矮的天空

094

天空中的黑鱼
黑梦里苍白的鱼
清冷水流间逆向的瘦鱼

095

我坐在小花园里　西南角以前有你的房间
而今有你的塑像
俯卧草地晒太阳的女生或许起身到灯塔去

096

塑像基座钉着金属铭牌
我用手机拍下它　意外
拍照的影像重叠着你的名字你的话

097

晒在门口的书
迎着太阳雨醒来
鲜艳地舞蹈

098

海鸥叫了一整夜而废弃的古堡沉默
意识的地图突破边界伸出一块海角
辽阔呈现于清寂之地完整如世界初始

099

野地的叙事遵循秩序又充满奇迹
每个段落都另有一簇簇新的花枝斜出
词语跟不上时节变幻的魔法　无妨悄悄练习

100

不是盛夏的果实
是七月的热风刚吹落的种子
沉默的土壤安于日常的事

第七辑　立在现实的裂隙中　莫名

101

一个词从句法结构里溜出来
本来只想到酒吧喝杯啤酒　坐一小会儿
没管住脚　拐上了流浪一世的岔路

102

八月寂静充盈的窗口
恍然日日映照的这条流水
变得深绿了　从容了

103

河水平缓涌动
从跳跃的波纹看什么是
不停息地生成

104

风不在意有没有人和它说话
流水也不在意
风和流水说话

105

透过长窗看太阳透在露台上的光影
觉得为实有　为什么同样美好的事物
会认为是虚无

106

睡眠本身渴望天亮
为了正大光明抽一支烟
梦并不能解决实际的瘾

107

大群海鸥叫了一整夜
废弃的城堡听了九百年
外乡人把粗粝的声音携带了三万里

108

两个梦相撞　抱头饮泣
一棵树默然生长
而秋天　终将燃尽于烟头上

109

你用一棵树见证一场持久的灾难
并用这棵树的沉默不语安慰一个人
而树　用所有环绕的好和不好　滋养心力

110

它还没有形成语言之前
你就把它喊了出来
立在现实的裂隙中　莫名

111

中秋的亮照醒了睡眠　你举起手心
只有月光才透显清晰明确的密码
确认此后的行程

112

蓝花丹穿过房间去看
后窗一溪云　水畔栾树的黄花
穿过九月去变成　参差的红果

113

你不能把抽烟描述成田野烧荒
而雏菊衬托秋日上午的阳光恰如其分
十月　无所用心

114

瞬间出现的阳光突然捉住了
跳跃行进的一小队乐音　彻底照亮
通透的它们惊讶地站在桌面上

115

生活教会了你生活的方法
观念扭曲了它
你的生命无辜　而你却说不上

116

雨声和琴声互相回忆　　如梦和醒
梦里折断了真实的指甲
醒后忘了追究怎么回事

117

在困难里微笑
就是生命深处的经验
它呈现于表面　　好让你看轻为肤浅

118

友谊的诗学　　隐入各自道路的分岔
与呼应　　野老苍颜堪回首
后来的人触手试余温　　拨灰见火星

第八辑　风在少年上面　星群在风的上面

119

如何才能够不辜负
这一小片野地　宽阔的奇迹
每一次喊出一种新开小花的名字

120

密雨连接河流
水和水垂直相交
人的眼光斜插而来　只是虚线

121

遗忘是最好的保全形式　免得记忆来
打扰和攫取　你看那个人
用现在把自己的过去抢劫成一个空洞

122

黑暗的河流
比爱更深邃　沉默　宽广
而我们最高的祈求　低于爱

123

十一月的手因充血而渴望鼓掌
喉咙亢奋就要自动欢呼
被霾呛了一下　卡住了

124

咽不下这一口霾　就吞一大口水顺一顺
家里不是订了纯净水吗
每月有尽职的人查表　敲门　收费

125

冬至日　念一段文章结束这个学期的课程
有人在劳改农场　与《哈姆雷特》和杜甫的诗
与老师沈从文的作品　相依为命

126

换了一间办公室　比原来小因而我喜欢小
阳光依然纯净仿佛不是穿过污秽和喋喋不休而来
因而我喜欢它渐次展开的上午和剩下的十二月

127

起床的句子　混在浮冰中间顺流而下
它路过我而我没有醒来　我醒着　从初雪到封河
睡了　从冰裂到夹岸花开

128

年来新生面
春回上出心
一月　送给半途看了一会儿枯草的人

129

最好的　一年里无所事事的几天
一天里无所用心的时间
自弃了几代的词语　倏然掠过紫色堇的傍晚

130

少年在屋顶上
风在少年上面　他伸手去够风
星群在风的上面　温暖的黑暗在下面

131

父亲说　小公园挺清气
母亲说　去年中秋那些照片拍得清气
生活搓揉了快一个世纪的树皮脸　还有清气

132

丛密的麦冬以常绿的叶条　藏紧
头年的果子　二月初春寒与春温的间隙
滚落路边　一串宝蓝色　我不知所措

133

熄灯前数一数满缸的烟蒂
帮敌人清点又一天的战利品
睡眠会停战　会聚拢溃散的意志

134

春打六九头
打春的雪
兔子攃不上

第九辑　行囊里有一小块沉默

135

枝条随性涂画天空趁叶片就要长出来之前
繁复纠缠的间隙撑开背景疏旷辽远
水杉树下老鸦瓣零零星星冒头了

136

小雏菊　蓝花韭　角堇　天竺葵
不知道初生就碰上了冬天　这也挺好不是吗
不管不顾地长成似乎错季的茂盛叶子等待

137

他蹲在伤口边沿抽烟（像个过去的农民）
烟灰弹进深渊　他活动麻木的腿
做飞离的姿势　那一刻他幻想戴上鸟的面具

138

语言的纠纷代代相继　被征用的字和词
从内部伤残　他们无法是他们自己
他们抽空喘息　在被驱赶进下一场战争之前

139

梦见自己作曲　是泥瓦匠砌墙
用石头和砖头　还有一个粗陶罐空酒瓶
已经垒成一小段　还能再高还能再长

140

整个三月都在想念去年四月的小毛茛
黑色种子落地　燕子衔走了那块湿泥
春分的夜　燕窝边隐约金色小星

141

三月将尽　头年叶子还没有落光
它们无意去想　时序在催促消逝
还是帮助完成

142

与语言交谈　不是用语言交谈
就像与风交谈　与光交谈
与黑暗和沉默交谈

143

一年无边的风和光
有限的词语
缩微的洪荒

144

没有路人的路灯有樱花路
有弯月缓升的路
有焚烧的纸钱化为烟灰归去的路

145

暗藏的河流行经宽阔的季节
飞鸟投下的影子沉入地面之下
去年的小毛茛又回来了

146

与文章的交流是表面的
深一层是句子
逐渐老去的人　与词和字相伴

147

从未有一篇文章或一本书的生命
长过其中用到的单个的字和词
即便虚词　也蓄满了亘古以来的风

148

骑摩拜单车的中年人
背影吱吱嘎嘎拖长到老年
迎面的风浩荡　吹回轻盈的少年

149

仙人掌盆里的土藏着一棵杂草的种子
它长出来　过了整个春天　竟然就要开纤细的花
是繁缕啊　然后无名的手无心除掉了它

150

季节以苍茫和丰盈藏起它细心连缀的小环扣
一年周而复始　圆满　并留下恢弘的开口
唱歌人傍着宽阔的长河走路　行囊里有一小块沉默

二〇一六年四月至二〇一七年三月

图书在版编目（CIP）数据

在词语中间／张新颖著．--北京：作家出版社，
2017.11

ISBN 978-7-5063-9684-4

Ⅰ．①在… Ⅱ．①张… Ⅲ．①诗集-中国-当代
Ⅳ．①I227

中国版本图书馆CIP数据核字（2017）第226967号

在词语中间

作　　者：张新颖
责任编辑：李宏伟
装帧设计：合和工作室
出版发行：作家出版社
社　　址：北京农展馆南里10号　　邮　　编：100125
电话传真：86-10-65930756（出版发行部）
　　　　　86-10-65004079（总编室）
　　　　　86-10-65015116（邮购部）
E-mail: zuojia@zuojia.net.cn
http://www.haozuojia.com（作家在线）
印　　刷：北京画中画印刷有限公司
成品尺寸：120×200
字　　数：110千
印　　张：6.75
版　　次：2017年11月第1版
印　　次：2017年11月第1次印刷
ISBN 978-7-5063-9684-4
定　　价：45.00元